햇살 뭉치 달빛 뭉치

이오자 동시집

햇살 뭉치
달빛 뭉치

이오자 지음 | 정은선 그림

글누림

작가의 말

화창한 봄날,
꽃들을 만나러 학교로 갑니다.
교실은 아름다운 꽃밭이지요.

학교에서 피는 꽃은
날마다 색다른 모습으로 가슴 설레게 합니다.

개나리
진달래
목련
장미
민들레
벚꽃
예쁘지 않은 꽃 어디 있나요?
색, 모양, 향기, 쓰임만 다를 뿐

아이들은 세상에서 가장 아름다운 꽃입니다.
아이들과의 만남은 날마다 한 아름씩 받아 안는
꽃 선물 같아요.

여러분은
어떤 꽃으로 다른 사람 마음 밭에 피어있나요?

먼저 등대처럼 아동문학연구회에 등불을 밝히시고 후학들을 이끌어
주시는 엄기원 회장님께 깊이 감사드립니다.

또 오랜 세월 변함없이 글 친구가 되어 준 물방울 동인 사랑하고 고
맙습니다.

바쁜 중에도 예쁜 그림을 그려 준 정은선 그림 작가님께 감사하고
빠지면 안 될 분, 인사동 찻집 '이원' 사장님, 감사드려요.

수년 동안 싫은 티 한번 내지 않고 친정집 안방처럼 뭉개며 동시 합
평을 할 수 있도록 방 한 칸을 내어 주셔서 우리의 만남은 풍요로웠습
니다.

무엇보다 이 책을 신경 써서 예쁘게 만들어 주신 글누림출판사의 최
종숙 대표님과 이태곤 편집장님, 안혜진 대리님께 깊이 감사드립니다.

지은이 이오자

차 례

작가의 말 4

1부 낮도둑

2부 웃음폭탄

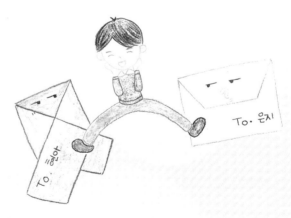

3부 고구마 젖떼기

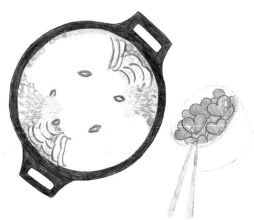

4부 꿀 차 시식 코너

1부 낮도둑

새벽 풍경

비 온 날 새벽
강가에 나갔더니

짙은 안개 속에서
강물은 조용

흐릿한 하늘
그림 같은
산 꼭지 한 점

낮도둑

매일 아침
슬며시 나타나

천연덕스럽게
온 하늘 누비더니

돌아갈 땐 슬쩍
하얀 낮을 감고 간다

해

물그림자

햇볕 쨍쨍한 날
맑은 물속

게으른 잉어 한 마리
온 바닥 깔고 누워

흐늘
흐늘

일몰

"온종일
고생 마~이 했다
잘 가거라!"

넘어가는 해를 보며
할머니가 인사를 한다

혼자
칠 남매를 키워 내신 할머니가
꼭 일몰하는 해 같다

봄눈

입춘이 지났는데
눈이 산처럼 쌓인다

파장 장사꾼이
떨이!
떨이로
남은 물건 떠넘기듯

봄이 되니
마음 급해진 하늘도
남은 눈 떨이하나

지나가는 소나기

우닥
우닥
우다닥

헛!
버얼써
산을 넘는다

저, 롱다리들

궁금해

빗방울들은
어떤 규칙으로 뛰어내릴까?

꽃, 나무, 풀
바다, 바위, 지붕……

게임 할 때처럼
가위, 바위, 보로 정하는 걸까?

어떤 운 없는 놈이
바로 옆에 꽃을 두고
개똥으로 떨어지나?

수평선

집채같은 배를
먹었다 뱉었다

그 많은 바닷물도
마셨다 토해 내는

커다란 입술

산등성이

쭈욱쭉 뻗은
산들의 콧등

듬직한 산에
딱 맞는 콧등

24 햇살 뭉치 달빛 뭉치

부끄러움

정월 대보름
달님은 두근두근하겠다
그냥 숨어 버리고 싶겠다

아무리 강심장 달님이라도
그 많은 사람들이 바라보는데
스스로 의연하긴 어려울 테니

지금도 선뜻 나오지 못해
구름 뒤에 숨어 있다

어미 딱새

폭신한 새집 꾸며
알 품은 어미 딱새

오매불망 소망 끝에
새끼 오 남매

털도 없고
눈도 못 뜨면서
딱, 딱, 입을 벌린다

어미 딱새 들락날락
다섯 입 고루 밥 넣어주며

산후조리 할 새 없어도
그저그저 좋단다

밀물과 썰물

떠밀지도 않는데
가~ 아~ 아
쓸쓸히 갔다가

부르지도 않는데
와!와!와!와!
앞다투어 들어온다

지우개 가루

예쁘게 글이 되고
이야기가 되고 싶었는데

태어나자마자
버려진 글자들이

책상 위에 붙어
꼬무작 꼬무작

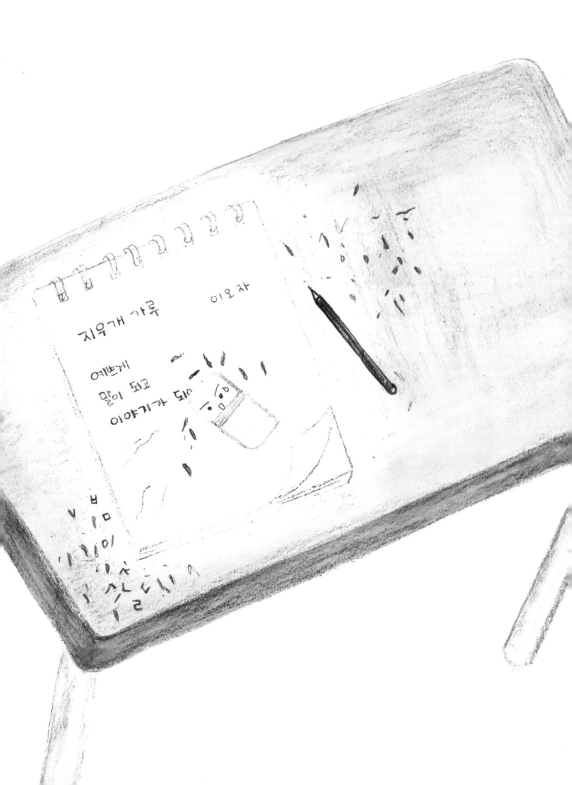

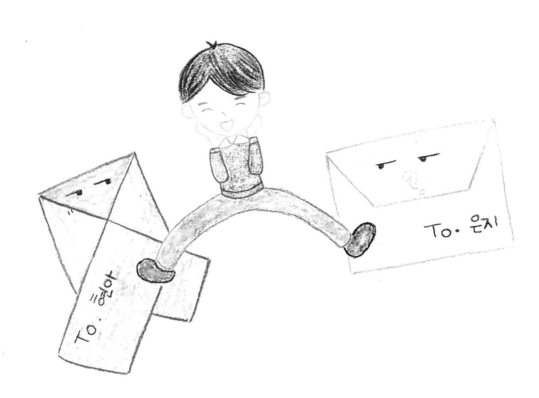

2부 웃음폭탄

좋아하는 맘

놀이할 때 벌칙을
손등 때리기로 정하면

지든 이기든
서로 손을 잡는다

정민이랑 놀 때는
손등 때리기가 좋다

도수 안경

어제는 배트맨 같고
오늘은 유재석 같은 친구

안경빨인 것 같아
그 안경 빌려 썼더니

허억~
깊은 물속에 푸욱
부러움이 침몰하는 순간

단짝끼리

짝이랑 다투고 있는데
선생님이 들어오셨다

"오늘은 짝 얼굴 그리기예요
예쁘게 그려주세요"

선생님 말씀 채 떨어지기도 전에
까맣게 쓱쓱 색칠을 했다

짝꿍은 씩씩대며 나가 버리고
선생님은 꾸중만 하시고

그림보다
내 속이 더 까매졌다

광고사진

흔들흔들
돌아가는 버스에 붙어

울렁울렁
멀미 날 것 같은데

연예인이라
애써 웃는다

38 햇살 뭉치 달빛 뭉치

그리움

하얗게 흐드러진
영산홍 꽃잎

할머니 즐겨 입으시던
새하얀 모시 적삼 같아

가만히 볼에 댔더니
감촉도 차곰차곰

새벽 기도 다녀와
안아 주던 그 감촉

웃음폭탄

선생님과
웃음 참기 시합을 했다

입 꼬오옥 다물고
눈 말 손 말 하는 친구들

웃음을 참느라
콧구멍이 벌렁벌렁

선생님이 먼저
으흐흐흐……

푸하하하
크하하하

교실에서 터진
웃음 폭탄

봉숭아 꽃물

엄마는
빨간 꽃물이 좋다고

잠든 아기 손톱에
살짝 묶어 놓았네

잠 깬 아기
으아앙!
울음 터지고

엄마 얼굴
빠알갛게
꽃물이 드네

들켰다

참다 참다
안 되겠다 싶어

불빛 없는 골목에서
오줌을 갈기려는데

고양이 한 마리가
굴뚝 뒤에 숨어
앙큼하게 보고 있다

화끈거렸다

개인의 취향

채송화
내가 제일 좋아하는 꽃

노랑, 빨강, 진분홍, 색도 최고
땅에 붙은 키 때문에 더 귀여워
자잘자잘 붙은 잎 고건 또 어떻고

그렇다고
으스대진 말아라
세상 예쁜 꽃, 너 뿐은 아니지

단지
내 취향에 딱 맞기 때문이야

엄마와 아기는

"자장자장 우리 아가"
토닥토닥

아기가 새록새록 잠이 들면
엄마는 조용조용 설거지하시고

"자장자장 우리 엄마"
톡 톡

엄마가 스르르 눈이 감기면
아기는 삘리리리 울음 터진다

아이구 아가야, 꼼지락꼼지락
소꿉놀이라도 하지!

칭찬

영어시험 망치고
죄인처럼 있는데

다정한 엄마 목소리

"아이고 강아지가
화장실을 어찌 알고
꼭 거기서 똥을 싸네"

똥 싼 강아지는
기 팍 살았다

부럽다

잠깐 졸음

앞차에서
하얀 나무젓가락이
줄
줄
떨어진다

화들짝 놀라 보니
하얀 차선이었다

아빠를 힐끔 보니
빙그레 웃고 계신다

휴~ 다행이다

할머니께서
"졸지 말고
아빠 잠 쫓아라"
당부하셨는데

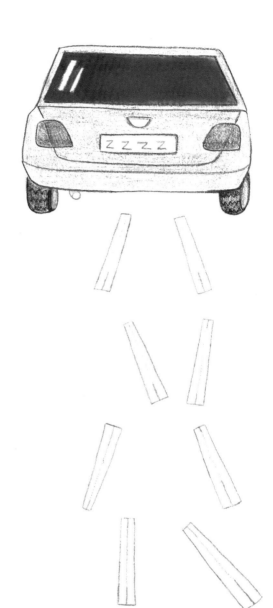

양다리

쪽지 편지 받았다고
은지가 생글생글

'명재, 요것 봐라
현아한테도 보내 놓고

종이는 입 없으니
비밀 지켜질 줄 알고
양다리 걸쳤네!'

가족

싸움 될까
따지기 싫어하는
아빠

부끄러워
발표도 못 하는
언니

무서워서
변명도 안 해보는
나

우리 땜에
속이 까맣게 타지만
상처 될까 봐
혼내지도 못하는
엄마

아빠 빈자리

실직이 길었던 아빠
지방에 직장이 잡혔다

잘된 일이라며
엄마는
아빠 물건을 살뜰히도 챙겼다

진눈깨비
휘휘 날리던 날

아빠는
신발장 앞에
오래오래 앉았다 떠나고

텅 빈 아빠 칫솔 자리
칫솔 하나 다시 꽂았다

빈방

할매는
화투 놀이를 참 좋아하셨다

정희 할매
석이 할매
선희 할매 불러 놓고

십 원짜리 잃었다고
방 터질 듯 우기다가

십 원짜리 땄다고
우싸우싸 춤추더니

할매 떠난 빈방엔
화투 몇 장 뒹군다

후회

불량 식품 먹지 말라는
엄마 말씀 어기고

알록달록 고운 색에
마음 빼앗겨
용돈 다 내어 주고

새콤달콤 사르르
입맛은 잠깐

하얀 치과 선생님이
노려보고 있다

몽돌

파도의 이상형은
동글
둥실 형

모난 돌, 거친돌
기어이 갈고 깎아

동글동글
둥실둥실

'미석(美石)'이라 여기며
데리고 노네

눈물샘

울지 말고 똑똑히
말하라지만

엄마가 혼낼 때
눈물부터 주르르

친구가 화내도
눈물부터 또르르

울지 않고 똑똑히
말하려 해도

눈물샘이 넘쳐
흐를 건데

아빠조차 나보고
수도꼭지래

따뜻한 선생님이

할머니 돌아가시고
마음 텅 빈 날

꼭 안아 주시고
감싸 주신 선생님이
꼭 우리 할머니 같아

선생님,
우리 할머니 하면 안 돼요?
하고 싶었지만

'내가 그렇게나 늙었나!'
그런 맘 드실 것 같아
가만히 있었다.

디자인 도용

연미복 디자이너는
원래 펭귄들일걸

봐봐, 남극 펭귄들
딱 그거잖아

사람이
로열티* 안 내려고

까만 나비넥타이
고거만 살짝 바꿨다니까

*로열티 : 남의 특허권, 상표권 따위의 공업 소유권이나 저작권 따위
　　　　를 사용하고 지불하는 값.

3부 고구마 젖떼기

고구마 젖떼기

땅을 파고
줄기를 뽑았더니
오롱조롱 매달린 고구마

젖줄 꽉 물고 있는
올망졸망 강아지들 같다

큰 놈은 뚝뚝 떼서
자루에 담았는데

대추보다 작은 놈은
젖꼭지를 뗄 수가 없다

줄기도
저가 먼저 벌렁 눕는다

민들레가

민들레 한 송이가
앙증맞게 앉아

노오란 얼굴로
"안녕하세요?"
아침 인사를 한다

"밤새 외롭지 않았니?"
할머니도 말을 건다.

혼자 사는 할머니껜
봉당 앞 민들레가
나보다 백배 낫다

전골냄비

우리 집 식탁 위엔
작은 연못이 있다
여름이 있다

미나리 파란 잎
팽이버섯 하얀 꽃

쟈글쟈글
뽀글뽀글
요란한 개구리 소리

한가로운 저녁
연못가에 둘러앉아
행복을 먹는다

봄꽃 축제

땅속에는 지금
꽃 불기 대회가 열리나 보다

가지마다 봉울봉울
부풀어 오르는 걸 보니

땅속 요정들
뿌리 하나씩 입에 물고
후~후
불어 올리면

빨강, 노랑, 연분홍이
풍선처럼 부푼다

꽃향기 날리고
동네 아이들 웃음소리 퍼진다

햇살 뭉치 달빛 뭉치

봄부터 가을까지
낮에는 햇살을,
밤에는 달빛을
돌돌 감은
감
대추
사과
배는
햇살 뭉치
달빛 뭉치

햇살 뭉치 달빛 뭉치
돌돌 도로 풀면
햇빛 달빛 얼마나 될까
지나간 봄, 여름도 묻어 나올까

버들강아지

요요 꼬맹이들
놀다가 무슨 사고 쳤는지
몸을 숨기고 있네

딴에는 숨었는데
얼마나 급했으면
미처 꼬리도 감추지 못했을까

알나리깔나리
꼬리 쏙쏙 보이네

산수유

노롬
노롬
뿔을 세운
달팽이군단

가지를 타고
들길을 지나
언덕을 올라

온 동산이
노랑
노랑

쇼호스트 동백나무들이

오동도 동백섬에
난리가 났다

새빨간 동백꽃을
상품처럼 걸어 놓고

꽃, 꽃,
이 꽃들 마감 임박이라며

싱싱한 꽃들까지
턱
턱
떨어뜨리며
손님들을 불러댄다

키가 문제

꽃밭에서

과꽃, 나팔꽃
맨드라미, 접시꽃
사진을 찍으려는데

패랭이 한 송이
얼굴 반쪽 빼꼼

얼굴 한번 찍히려고
까치발로 서지만

키다리들 틈에서
얼굴 반쪽 빼꼼

솔방울

길가에 뒹굴던
솔방울[*] 하나

톡톡 차다가
물웅덩이로 골인

잠시 후 무심코 보니
몸을 바싹 움츠리고 있네

추운 거냐?
놀란 거냐?

＊솔방울 : 솔방울이 물에 들어가면 오그라들어 모양이 바뀜.

나무에 예방주사

팔뚝만 한 주사기로
사정없이 찔러댄다

드르릉 쿠욱
드르릉 쿠욱

엉덩이 찰싹 때려 주는
배려조차 없어

근처 나무들
속수무책
덜덜덜 떨고만 있다

인테리어

벗나무 밑
노란 개나리 가지에

거미들이
줄을 내걸어

연분홍 벚꽃 잎들을
잉어 비늘처럼 붙여 놓고

봄단장 잘됐다고
지들끼리 좋아하겠다

민들레

조그마해도
당차다

돌 틈에 끼어서도
화아안하다

뭐가 급했을까

풍성풍성 꽃 피워 놓고
당당히 서 있는 나무들 사이

하얀 꽃 다 털어 버린
성급한 벚나무

꽃구경 온 사람들 앞에
파릇한 잎 슬쩍 내밀어 놓고

머쓱하겠다

억새

구름 한 점 없는 날
산 위에 올랐더니

은색 구름
다 내려앉아
너울거리고 있었다

가을 하늘
그래서 더 파랬다

엄마 고구마

접시에 담긴 고구마에
뾰족뾰족 싹이 돋는다

파랗게 잎이 피고
줄기까지 쭉~ 쭉

제 속 야금야금
다 빼 주면서도
고구마는 흐뭇하다

4부 꿀 차 시식 코너

엄마 말씀이

북어 몇 마리 사
몸통은 탕을 끓여
쪼옥쪽 발라먹고

대가리는 모았다가
국물용으로 끓이는데

퐁그당 퐁당
풍그당 풍덩

요놈들이
뾰족한 주둥이를
교대로 내밀어

해도 해도 너무한다며
나불나불하더란다

물속에서

물고기는 샬래샬래
개구리는 호작호작
헤엄치고 노는데

노란 달님은
헤엄도 못 치면서
언제 퐁당 뛰어들어

파르르
파르르
떨고 있는지

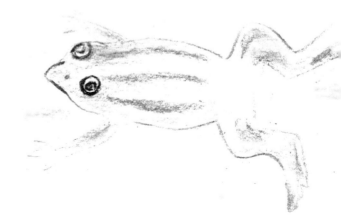

비행 훈련

새들이 날아간다

일렬횡대
죽 그어진 금 같다

저렇게까지 되려면
훈련대장 호각 소리
하늘 몇 번 찢었겠다

수영 연습

오리 가족
강물 위에 떠 있다

아기 오리 옆에 붙어
안절부절못하는
엄마 오리
꽥
꽥

"과잉보호요,
자립심을 키워야지"
아빠 오리
꾁
꾁

사랑 법 달라
조용한 날 없다

정답 없음

고양이 세 마리가
쓰레기통을 뒤진다

큰 놈 작은 놈
가만히 보니 가족 같다

안쓰러운 마음에
간식 하나 던져 주고
멀찍이서 지켜보니

이런!
새끼가 망을 보고
큰 놈들이 먹고 있네

언니는
고놈들, 자식도 모르는
매정한 미물(微物)이라 하고

엄마는
가혹한 세상
스스로 이기게 하는
가슴 아픈 교육이란다

소망

동물 병원 케이지에
털 하아얀 강아지들

엉키며 뒤집히며
고물고물 장난이다

다가가 눈을 맞추니
얼른 손을 주는 놈

어떤 사람일지 모르면서
아무에게 정을 주네

까만 눈동자에
눈물 괼 일 없도록

마음 좋은 주인 만나
조그마한 고 발로
쫄랑쫄랑 나가거라

패륜 – 동물세계

조그만 고양이가
커다란 고양이를
암팡지게 친다

맞으면서도 자꾸
핥아 주려는 걸 보면
제 어미 같은데……

아무리 미물이지만
천하에 몹쓸 놈
고양이계의 패륜아

꿀 차 시식 코너

올해도 꿀 잘됐는지
꽃들이
시식 코너 열었는데

먼저 몰려든 벌들
달콤한 꿀 차 향에 취해
윙가윙가 좋단다

내가 대신 웃는다

강아지와
산책을 나가면

"쯔쯔쯔쯔
오요오요"
손짓하는 사람
말을 거는 사람들

강아지는
쌩~ 앞만 보고 가지

말 건 사람 머쓱할까 봐
내가 히죽~ 웃지
괜히 씽긋 웃게 되지

강아지의 본분

밥상만 차리면
우당탕 뛰어들어
혀를 낼름낼름 한다며

엄만,
먹는 것만 밝힌다고
야단을 치신다

그럼
강아지가
공부 걱정 하나요?
취직 걱정 하나요?

지은이 **이 오 자**

- 경북 출생
- 대학에서 국어국문학을 전공함
- 2001년 『한국 아동문학 연구』 동시로 등단

주요 저서

- 『뽀작뽀작 다람쥐 밤참 부셔먹지』
- 공　저 :『누나는 사춘기』, 『대한민국 대표동시 365가지』
- 동인지 :『상자 속 거북은』, 『풀꽃 한 다발』, 『해가 사는 집』 등 다수
- 수　상 : 아름다운 글 문학상
- 활　동 : 한국아동문학연구회, 한국아동문학회, 한국동시문학회, 풀꽃아동문학 회
　　　 원, 물방울문학 동인
- 현　재 : 서울 예일초등학교에서 글쓰기 지도, 다꾸미 논술교실 운영
- 이메일 : lojsky8520@hanmail.net

그린이 **정 은 선**

- 서울 출생
- 한국 미술학과 졸업
- 소사벌미술대전 입상
- 그린 책으로 『뽀작뽀작 다람쥐 밤참 부셔먹지』 등이 있다.

햇살 뭉치 달빛 뭉치

ⓒ 이오자 2014

초판 1쇄 발행 2014년 8월 28일

지 은 이 이오자
그 린 이 정은선
펴 낸 이 최종숙
펴 낸 곳 글누림출판사

진 행 이태곤
편집 디자인 안혜진
편 집 이홍주 권분옥 이소희 박선주 박주희
마 케 팅 박태훈 안현진

주 소 서울시 서초구 동광로46길 6-6(반포4동 577-25) 문창빌딩 2층(137-807)
전 화 02-3409-2055(대표), 2058(영업), 2060(편집)
팩 스 02-3409-2059
홈 페 이 지 http://www.geulnurim.co.kr
전 자 메 일 nurim3888@hanmail.net
등 록 번 호 제303-2005-000038호(2005. 10. 5)

ISBN 978-89-6327-268-9 03810

정가 10,000원